Ye

842

Demandes damours auecques les responses.

Sensuiuent pluseurs demandes damours auecques les responses.
La premiere demande.

i   E vous demande. se amours auoyent per
du leur nom comment les nomeriez vous.
Response.
Plaisant sagesse.
Demande.
Qui fait aup amans iouyr et ce quilz ont grãt
desir.   Response.
Humblement requerir et prier.
Demande.
Quelle chose est aup amans plus necessaire et
q̃ plus leur vault et au besoing plustost leur fault
Response.
Beau parler.
Demande.
Par quelle maniere peut mieulp congnoistre sa
ge dame cessuy qui la prie daimer sil la pe de cueur
ou de bouche.
Response.
Quant il ne peut parler a esse sans muer couleur
Il la prie de tout son cueur.

Demande.
En q̃l moys sont les amoureux plus malades.
Response.
Au moys de may.
Demande.
Quelle chose est q̃ plꝰ en ya en amours et mois y siet. Response.
Vaines parolles.
Demande.
Qui fait souuent amours durer.
Response.
Courtoisie.
Demande.
Qui fait aux amans plus atteudre leur ioye.
Response.
Tresbien celer.
Demande.
A quoy sont les amans qui Reusent iouyr damours plus tenuz.
Response.
Daimer loyaument.
Demande.
Quel greigneur plaisir peut Auir de Vie da

mours maintenir
Response.
Grace damours.
Demande.
Quant deux amans sont dun accord quelle grace
doit en eulx auoir quil ny puisse auoir discord.
Response.
Obeissance.
Demande.
Quel est le chastel damours.
Response.
Le fondement est de desir. Les creneaulx sont de sou
pirs. Les tours sont de desduit Et les portes sont
de perseuerer.
Demande.
Je vous demande. Comment se nomment les cre
neaulx du chastel damours.
Response.
Regardz attrapans.
Demande.
Quelle est la sale et le manoir pour puees ioyes
auoir.   Response.
Celer doulcement le nom de la table damours.

b

Demande.
Qui est le plus delectable aup amoureup
Response.
La bouche.
Demande.
Qui est le nom de la chambre ou les lieup sont
de toutes ioyes et desirs.
Response.
Jouyr damours entierement.
Demande.
Comment se doit contenir qui veult a telle ioye
paruenir.
Response.
Venir loyaument Prier humblement Celer sa
gement Aimer parfaitement Parler courtoisemt
Estre debdaire a toutes gens. et accointer par me
sure. Demande.
Qui est lennemy mortel q le chastel damours
peut greuer.
Response.
Esloigner.
Demande.
Quel est le nomj de la tour.

Responce.
Retraire.
Demande.
Sauez vous les pillers nommer qui le chastel
pruent greuer.
Responce.
Mesdisans.
Demande.
Leql aimeriez vous mieulx Estre en amours.
ou que amours fussent en vous.
Responce.
Que amours fussenten moy.
Demande.
Je vous demande. se vous laissastes oncques a
prier femme pour peur quelle ne vous escondist
Responce.
Certes ouy.
Demande.
Lequel endure plus & prine en amours Ou cel
luy qui aime sans descouurir son pēser Ou celluy
qui le dit et a paour de faillir.
Responce.
Celluy qui aime sans descouurir.

Demande.
Lequel aimeriez vous mieulx Jouyr damours
et tost finer. ou bon espoir a tousiours durer.
Responce.
Bon espoir a tousiours durer.
Demande.
Lequel aimeriez vous mieulx Ou q̃ vostre amy
vous baisast. Ou que vous le baisissiez tant quil
dist Hola.
Responce.
Que ie le baisasse tant quil dist Hola.
Demande.
Trops femmes sont dun aage et toutes trops
vous aiment autant lune que lautre. lune est tres
belle. lautre tresriche. et lautre tressage. Laquelle
aimeriez vous mieulx.
Responce.
La sage.
Demande.
Lequel aimeriez vo? mieulx. Ou gesir auecq̃s
vostre amye entre ses bras pour la baiser et accoler
tantseulement. Ou la tenir en vng vergier plein
de fleurs pour parler a elle sans plus.

Responce.
La tenir entre mes bras.
Demande.
Se vostre amy estoit couche avecques vous et il auoit les mais et les piez siez les luy osteriez vous. Responce.
Certes ouy.
Demande.
Se vous trouuiez la femme que vous aimez le mieulx en vng lieu secret et il ny eust q̃ vo? deux et que home ne le peust sauoir et quelle vous dist. Je vous abandonne le baiser et accoler tantseulement et ne me demandez autre bickerie pour le present. La lerriez vous aler.
Responce.
Ouy vrayement.
Demande.
Se vostre amy estoit malade et ne peust garir se vous ne luy donniez la moittie devous laquelle luy donneriez vous.
Responce.
Laquelle quil luy plairoit.
Demande.   c

Vous auez vne amye laquelle vous aimez par
faitemēt. Vous vo? en alez hors du pays et demou
rez vng an entier et luy estes tousiours loyal et
vray amy cuidāt quelle vous soit aussi tousiours
loyale amye. Quātvous retournez au bout de lan
nee vous trouuez quelle a fait folie auecques vng
homme tantseulement dont elle sen repent et vous
en viēt crier mercy Aimeriez vous mieulx la trou
uer morte ou la trouuer en tel estat.
Responce.
La trouuer morte.
Demande.
Dame ie vous demande Se vous aimiez par a
mours le diriez vous a personne du monde.
Responce.
Ouy a mon loyal amy.
Demande.
Je vous demande Lequel aimeriez vous mieulx.
Estre ialoup de vostre amye ou quelle fust ialouse
de vous.
Responce.
Quelle fust ialouse de moy.

Demande.

Je vous demande. Deux hommes aiment Une femme et elle nen aime que lun et les mande venir tous deux et ilz viennent et elle prent de lun Ung chappel de roses et a lautre elle donne le sien qui est de violettes. si vous demande lequel elle aime le mieulx des deux.

Response.

Cestuy de qui elle le prent.

Demande.

Une dame mande querir son amy pour coucher auecques elle par tel comuenant quil ne la fera que baiser et accoler tantseulement et il y vient lequel fait plus lun pour lautre.

Response.

Il fait plus pour elle.

Demande.

Vous aimez Une dame et ung autre laime Lequel aimeriez vous mieulx. Ou que tous deux y faillissiez Ou que tous deux en iouyssiez.

Response.

Que tous deux y faillissions.

Demande.
Je vous demande. se vng amant prent samye a femme se lamour en appetisse point.
Response.
Non se lamour est loyale.
Demande.
Je vous demande. Lequel vault mieulx. amant hardy ou amant honteux.
Response.
Amant hardy par raison.
Demande.
Vous estes ceulx qui aimez vne dame et sun de vous scet bien quil ney toupra point. assauoir mon sil doit estre content que lautre en touysse.
Response.
Certes non
Demande.
Lequel aimeriez vous mieulx Que vostre amye vous aidast et amours vous nuisissent. Ou que amours vous aidassent et vostre amye vo? nuisist
Response.
Que mamye maidast.

Demande.

Se vostre amye vous deuoit baiser quinze fois
les prendriez vous tous a vne fois, ou chascun a
par soy. Response.

Chascun a par soy.

Demande.

Lequel a le plus de peine. Ou cestuy qui est ia
loup a mort. Ou cestuy qui aime et ny peut trou
uer confort.

Response.

Cestuy qui est ialoup a mort.

Demande.

Dame ie vous demande comment homme peut
plustost venir a lamour dune dame.

Response.

Pour grace demander dont mercy naist.

Demande.

Dame ie vous demande vng amant commēt
peut auoir grace destre aime de sa dame.

Response.

Pour estre secret loyal simple et attrempe

Demande.

Dame ie vous demande. Il ya deup damoisel

kes en vng hostel dun sens et dune beaute dont lu
ne a long teps aime vng homme et aime encores
et lomme ne laime point Laquelle doit mieulx som
me aimer.
	Response.
Celle qui aime lomme.
	Demande.
	Dame ie vous demande. Lequel voult mieulx
a vng amant Ou quil faille a receuoir la ioye de
samye pour doubte destre apparceu Ou quil en ait
ioye et pluseurs sen apparcoiuent.
	Response.
Il vault mieulx quil faille Car il nest pas vray
amy qui va a sa dame par deshonneur Iassoitce q̃
quant vng amant se treuue auecques sa dame il
desire daccomplir sa voulente. Mais nompourtãt
il ne le doit pas faire pour garder lonneur de samye
lequel il doit plus aimer q̃ le sien affin q̃l vieigne
vne autre foys mieulx a son aise.
	Demande.
	Dame ie vous demande Lequel aimeriez vous
mieulx Ou auoir Ou sauoir.
	Response.

Jaimeroye mieulx sauoir. Car pour sauoir on en
quiert moult de bien et donneur.
Demande.
Dame ie vous demande. Quelle chose est meilleur et plus belle que vray amant puisse auoir et
mieulx plaire a sa dame.
Response.
Quil soit simple courtoys et bien celant.
Demande.
Dame lequel aimeriez vous mieulx Ou que vostre amy fust riche fol et hardy Ou quil fust sage
pouure et couhart.
Response.
Quil fust sage pouure et couhart Car amour qui
est trop hardie ne peut pas longuement durer
Demande.
Dame ie vous demande. Il y a ung amant qui
est amoureux dune tresbelle et gracieuse dame et
de plusgrant lieu cent foys que luy Il est deuat elle et ne luy ause riens dire pour peur destre escondit
Iaffoitce que la dame conguoisse par auenture qil
seuffre et endure moult grant peine et tout pour

lamour delle et elle luy feroit voulentiers plaisir.
Lequel se doit premier descouurir de son penser.
Response.
Lamant entant quil doit estre Vertueux et hardy
Car il napartient pas a la dame octroyer don
de mercy auant quon len prie.
Demande.
Dame ie vous demande par quelle maniere se
doit lamant le plus gracieusemét descouurir a son
honneur et au plaisir de la dame.
Response.
Par pluseurs manieres Premierement pour la
regarder piteusement et honnestement. Pour la
prier humblement Pour laccoler courtoisement
Et pour la requerir dun baiser secretement
Demande.
Dame ie vous demande se lamát doit estre har
dy a la requerir dun baiser.
Response.
Ouy mais quil sen requiere en lieu et par ma-
niere que nul ne lentende et q lonneur delle y soit
garde. Demande.
Dame ie vous demande se la dame luy doit ot-

troyer et consentir ce baiser.

Response.

Certes ouy en la condicion quelle luy ordonnera
et il erra estre expedier. car par cestuy baiser on peut
escheuer pluseurs inconueniës & force ou violen
ce ou autrement. car amour est suttile chose qui a
tous est commune. et le baiser part damour nour
rie en gentilesse.

Demande.

Qui est le plus petit don damours et q est ce plus
grant consolacion.

Response.

Ung baiser. Parquoy ie dy que vne dame le doit
ottroyer en la maniere q dessus est dit pour oster a
lamãt lardeur de son desir. car son honneur nen est
de riens amaindry. Et du surplus ie men rappor
te a lamante et a lamye.

Demande.

Dame ie vous demande. Se lamant est escon
dit sil sen doit oster dutout.

Response.

Nenny Et aussi sil laime parfaitemeut ne pour
roit il ou il auroit le cueur failly. Mais y doit re

tourner pluseurs foiz pour paruenir a son attain
te.   Demande.

Dame ie bous demande Depuis quil est esco
dit par quelle maniere il peut entrer et retourner
en la grace de sa dame.

                Response.

Par continuacion de luy complaire et prier humi
blement. car combien que la dame lesconduisse sou
uent ce peut estre pour lesprouuer auant quelle lai
me et pour sauoir sil aura toustours telle boulen
te et sil luy sauuera et gardera toustours son hon
neur Et quant elle la esprouue en tous ces pointz
et elle se treuue secret et loyal elle se doit fier en luy
plus quen greigneur de luy. et en doit auoir pitie
et mercy. ou autrement elle seroit trop billaine.

                Demande.

Dame ie bous demande sil doit gueres de temps
continuer a pourfuiure sa demande.

                Response.

Temps perdu fait moult de mal a lamant et le tiet
en moult grant langueur Mais ce nonobstant il
doit attendre mercy. car par bng seul plaisir que
sa dame luy fera il perdra les douleurs du temps

passe et recouurera toute ioye et lieesse.
Demande.
Dame ie Vous demande se lamant pour entrete
nir bonne amour doit riens presenter ne donner a
sa dame. et quelle chose luy doit plus plaire.
Responce.
Riens sinon donner lun a lautre Vng arrestant
seulement par bonne amour et quil ne prede pas
par auarice. Nonobstant que en necessite lun doit
secourir a lautre. Car Vng franc cueur ne peut ne
ne doit faillir ne Vray amy a son amye. ne loyale
amye a son amy.

Cy apres sensuiuent aucunes dema
des ioyeuses que la dame fait au che-
ualier et les responses quil luy fait.

La dame.
§ Eau sire ie Vous demande et Vo? prie amia
blement par la foy que Vous deuez au roy
et au dieu damours quil Vous plaise a moy dire
la Verite de ce que ie Vous demanderay.

Le cheualier.

Dame ie le vous diray se ie le say.

La dame.

Beau sire ie vous demande duquel il ya le plus
damours en vous. ou de vous en amours.

Le cheualier.

Dame il y a plus damours en moy.

La dame.

Sire pourquoy.

Le cheualier.

Dame pource que la vertu damours est si grande
et si puissante quelle se met de sa noblesse en chun
cueur desirant parfaitement et loyaulment paruenir a bonne amour.

La dame.

Beau sire ie vous demande, Il est vng homme
qui aime deux femmes et les prie toutes deux daimer et aduient que lune luy dit quelle laime de bonne amour et voudroit bien son prouffit et son aua-
cement selon ce quelle dit et luy monstre beau sem-
blant par vne maniere fainte. et lautre dame les-
coudit tousiours mais en lescondissant elle luy dó-
ne esperáce de paruenir a son amour. Dittes moy

selon vostre auis en laquelle il se doit mieulx fier
destre aime.

Le cheualier.

Dame il doit auoir meilleur cueur en celle qui en
les condissante se regarde & cueur et desire son amour
que en celle qui luy ottroye bouche par beau sen-
blant faint. car il doit considerer que celle qui les
condit le fait pour lesprouuer pour garder son hô-
neur comme sage. et lautre le decoit par belles parolles pourquoy il ny doit point auoir fiãce mais
la doit de tout son cueur esloigner.

La dame.

Beau sire ie vous demande sil doit point pren-
dre aucune vengeance de celle qui ainsi le fait mu-
ser et endormir par ses belles parolles sil sen appar-
toit. Le cheualier.

En verite dame nenny sil est homme de bien et qsl
sache que cest que damours.

La dame.

Sire pourquoy.

Le cheualier.

Dame pource que sil le faisoit et il venoit en con-
gnoissance daucuns on pourroit presumer quil en

auroit fait a son plaisir et seroit deshonnouree Ja
soitte que riens nen fust. Pourquoy les autres
prendroyet a elle exemple et homme ne trouueroit
qui le voulust aimer en nulle maniere.

La dame.

Beau sire ie vous demande Leql aimeriez vous
mieulx. Ou iouyr sans desir. ou auoir desir sans
iouyr.   Le cheualier.

Dame iaimeroye mieulx desir sans iouyr. Et la
raison si est telle. Car cestuy qui iouyst sans desir
ne peut sentir ne sauoir que vault amour vraye et
ne congnoist le bien ne le mal damours ne le grãt
honneur et bien qui peut descendre de loyaument
desirer. car par desir on treuue mercy.

La dame.

Beau sire ie vous demande. se ioye croist plus
en cueur damant par bon espoir.

Le cheualier.

Dame ouy. Car bon espoir est le plusgrant bien
qui soit en amours apres mercy.

Ey finet les demandes damours
auecques leurs responses.